이 시집을

고맙고 소중한

_____님께 드립니다.

년   월   일

청어詩人選 405

노을에
배
띄워놓고

곽
의
영
시
집

청어

노을에 배 띄워놓고

곽의영 시집

시인의 말

평소 글쓰기를 좋아했지만, 긴 터널을 지나온 듯 늦깎이 시인 되어 이제야 첫 시집을 냅니다. 틈틈이 쓴 것을 책으로 막상 출판하려니, 나를 마치 세상에 펼쳐 보여주는 것 같아서 부끄럽습니다. 시단에 이름을 올렸지만, 詩의 세계는 아직도 아득합니다.

그러나 글을 쓰면서 아들을 잃은 슬픔을 치유하는 과정에서 시를 쓰는 것이 도움이 많이 되었기에, 묵묵히 이 길을 계속 걸어가겠습니다.

저의 시가 아직은 그 누군가의 가슴에 깊이 가 닿는 물결이 될 수는 없어도, 문학에서 '시'라는 장르가 자신을 구원하고, 타인을 구원한다는 말을 믿고, 뚜벅뚜벅 걸어가렵니다.

시인의 길로 가도록 암암리에 영향을 끼친 문단 여러 선배님과 동인회 문우들에게 감사드립니다. 더위를 참고 평론을 써 주신 이윤정 시인님, 이현수 시인님께도 심심한 감사를 드립니다.

이 책이 나오기까지 수고하여 주신 청어출판사 편집 팀과 대표님께도 감사드립니다.

2023년, 여름
달성에서 지은이 곽의영

차례

제2부 아들편

제3부   계절편

제4부 꽃과 나무편

제5부 세상살이편

서평

제1부

가족편

하나뿐인 예쁜 딸아

나는 너의 이름조차 아끼는 아빠
너의 이름 아래엔
행운의 날개가 펄럭인다

웃어서 저절로 얻어진
공주 천사라는 별명처럼
암 너는 천사로 세상에 온 내 딸

빗물 촉촉이 내려
토사 속에서
연둣빛 싹이 트는 봄처럼 너는 곱다

예쁜 나이, 예쁜 딸아
늘 그렇게 고운 한 송이 꽃으로
시간을 꽁꽁 묶어 매고 살아라

너는 나에게 지상 최고의 기쁨
저 넓은 세상에서 큰 꿈을 펼쳐라
함박꽃 같은 내 딸아.

*다연이 대학 졸업식 날에 쓰다.

사랑의 열매

바람 타고 왔는가
인연 타고 왔는가

고운 속잎처럼
미소 짓는 눈망울

새초롬한 얼굴
붕어빵 하나, 내 딸.

예순 고개

굽이굽이 얼룩진 세월도 접고
성급히 하늘로 옷 벗는 친구들이
해마다 생겨나는 고갯길이다

인생의 속살 드러내는 나이
딸의 얼굴 바라면서
바람 등에 긴 한숨 밀쳐 낸다.

메주 꽃

어머니 손길로
곱게 핀 메주꽃
인고의 세월 속에
켜켜이 쌓인 사랑

어린 시절 꿈은
꽃 속에 총총 박히고
추억으로 발효된
된장 속에 미소 그득하다

장독대 항아리 속
밤하늘 닮은 검은 간장
반짝이는 별이 되어
엄마 품 같은 그곳에
안기고 싶다.

찔레꽃

골짜기 돌 틈 사이에서 겸손히 핀
이 꽃에서 엄마 향기가 난다

이 꽃을 보면 눈물이 난다
엄마의 하얀 모시옷이다

물 흐르는 골짜기를 따라 내려오면
하얀 찔레꽃이 나를 내려다보고 있다.

아내의 향기

산자락 따라 고갯길 넘나들며
별똥별 춤추는 곳에
아내와 바람을 가르며
별빛 따라 걸었다

그 곱던 아내는 어디로 갔을까
주름진 중년의 아내 모습에
울컥 치솟는 미안함이 나를 누른다

아득히 코끝을 휘감던
풋풋한 아내의 향기는
밤안개로 흩날리며
암울한 도시의 밤을 적신다.

나의 사랑, 나의 반쪽

자전거를 타고 세상을 달리면서
당신을 언제나 가슴에 품고 달렸소

당신을 만난 게
내 일생 가장 큰 행운이었소

이런 말을 자주 하고 싶었소만
살다 보니 부족한 남편이란 생각에
미안한 마음만 쌓여
차마 그 말조차 할 수가 없었소

나의 반쪽에게
져 주고 살지 못해 미안하오
나의 반성문을 받아주오

사랑한다는 말 보다
고맙다는 말이 먼저 떠오르고
고맙다는 말 뒤에는
미안하다는 생각이 따라붙고

이제 미안하다는 말보다
진심으로 아끼고
사랑한다는 말을 전하려오.

보석 같은 당신

쌓였던 묵은 때 날리고
우리의 앞날이란 바구니에
기쁨과 행복만 담아갑시다
미소와 이해와 용서로 채웁시다

골 깊게 팬 나의 주름도
당신의 늘어난 주름도
긴 세월 열심히 살아온
훈장이라고 생각합니다

여보!
정말 많이 수고했소!
고맙고 미안하고 사랑하오!

비슬산 자락

비슬산 진달래꽃 피면
그 꽃같이 곱던 아내 손 잡고
단숨에 오르던 곳

비슬산 자락
몇 번 넘나들고 나니
아내는 할미꽃 되어있네.

해바라기

숨은 듯 그림자같이
그대와 내 발걸음이
세월의 시간 여행하던 곳

목이 이리도 길어지도록
서로 바라기 하던 젊음
그 마음으로 쭉 살아요

인내와 사랑이라는 꽃으로
늘 곁에 머물러 준
당신만 바라보고 싶어요.

제2부

─────────────

아들편

별이 된 아들아

아들아, 내 아들아
네 왔다 간 그 자리에서
홀로 가끔 울곤 한다

삼십오 년 동안
네가 새겨 놓은 흔적들
얼마나 외롭게 머물다 갔을지
네 엄마와 함께
가슴이 무너져 내리는구나!

너의 영혼이 별빛처럼
빛났으면 좋겠다고
가끔 울면서 기도한다

네가 이리도 일찍
내 곁을 떠나가는 것을
내리사랑 다하지 못한
경상도 아비가 탄식하며.

2019. 3. 20.

3월의 그날

봄의 문턱을 넘나드는
춘삼월 아픈 하늘
봄비가 오려나 봅니다

슬픈 발걸음이
내 가슴으로 걸어옵니다

아픈 마음속 쓰린 사랑은
잊지 않고 기억 속으로
잦아듭니다

기억조차 하기 싫은
삼월의 그날은
추억으로 웁니다.

흔적

두 눈 감고 잊으려 애를 써도
자꾸만 떠오르는 모습
세월 지날수록 깊어지는 그리움
주체 못 할 하염없는 눈물

내 아직 살아 있으므로 보고 싶어 하고
살아 있는 한 잊을 수 없는 아들.

노을에 배 띄워놓고

붉게 엎질러진 하루 위에
불을 뿜어 토하는 노을 바다
노을 저편에 배 띄워놓으련다

추억 한 장 손에 들고
시절, 시절 같이 보낸 순간은
바람에 흔들리고 눈물에 흔들린다

강물도 흘러 흘러
너와의 추억을 자꾸 실어 오는지
너는 가고 없는데
너와의 추억은 점점 살아난다

아픈 세상일랑 잊고
언젠가 만나게 될 그날을 위해
웃으며 날 기다려다오
노을 저편에 배 띄워놓을 테니.

사랑꽃

별빛 쏟아지는 밤
되살아나는
몽환에 갇힌 그리움

네가 두고 간 건
그리움 한 조각과
남겨진 눈물 한 뺨
슬픔 한 덩어리 묶어
너에게 편지를 쓴다

눈물 젖은 창가에
보고픈 너의 모습 위로
아비의 사랑꽃 날려 보낸다.

너 없는 명절

명절마다 아프다
잊지 못할 기억이
달무리 되어 떠다닌다

홀로 감당하기 버겁다
달도 울고 나도 운다
아린 명절을 또 쇠고 있다

국사발에 뜬 달을
한 숟갈 떠보지만
멀건 슬픔만 가득하다

오늘 밤에는 너 닮은 달이
두둥실 높이 떠서
나의 슬픔을 희석해다오.

빈자리

고운 식탁보 깔린 서글픈 그 한 자리
간절한 애심에 노을빛 스미는 저녁이다

찬란한 꽃들은 흔들리고
영근 열매가 떨어져 버렸다

부는 바람에 낙하하는 열매를
새벽하늘이 보았다

잠 놓친 새벽하늘이
섬세한 꽃잎의 한숨 소리를 들어주고

속절없는 계절은
뒷걸음치면서 앞으로 간다.

거짓말

내가 요즘 자주 하는
선의의 거짓말 하나
자기야, 이젠 나 괜찮아
하나도 아프지 않아
힘내라고 하지 말게
잊으라고 하지 말게

그 말 하고 돌아서면
심장이 당기는 듯한 슬픔이
텅 빈 내 가슴 부여안고
아직도 무진장 아프다

천사님이 불렀는지
하늘로 아들을 딸려 보낸 그날부터
어느 날인들
아프지 않고 지낸 적 있었는가!

너와의 추억 속으로

다시 오지 않는 그날들이
너를 앞세워 지나간다

허공을 맴도는 기억 속 시간이
비어있는 내 속을 비집고 들어와

싹을 틔우고 꽃을 피워
그리움 되어 자라고 있다

앙증맞던 걸음마 그 아련한 모습들이
추억 속에서 깨어나 내게 안겨 온다.

아들아

아직도 눈물 되어 흐르는 너
밤이 이토록 긴 것을
너를 보내고야 알았다

업고, 안고 정성껏 키운
네 어미 가슴은 타버린 재가 되어
눈물 속에 파묻혀 흐느끼는 나날이다.

사무침

네가 떠난 빈자리
내 가슴속에 아직도
숨 쉬고 있는 너

아쉬움이 뼛속
마디마디 스며
영원히 내 곁에 있다.

비슬산 진달래

곱게 피어 빨리 지니
눈물겹다
비슬산 능선에 뿌리내리고

뜨겁게 피어나 청춘을 살다가
짧은 생을 마감하고 간
내 아들 같은 저 꽃들.

인연

까마득한 저 먼 창공에
네 모습 떠오를 때
내 기억도 구름 타고
하늘을 날아오른다

젖은 마음 다독이다 잠이 들면
아침이 내 눈물 닦아 일으킨다
지는 인연 있으면 너무 아프다
꽃 같은 사람들 곁에 있어도.

흰나비

계곡 틈 사이로 녹아내리는
봄 오는 소리에
버들강아지 깨어 솜털 내밀면

아직 떠나지 못한 한 사람이
내 가슴을 파고듭니다

대지가 사르르 녹아내리면
아지랑이 너울 쓴 흰나비
두 날개 활짝 펴고
내 곁으로 찾아듭니다.

제3부

계절편

봄의 전령

코끝에 밀려와
아카시아로 피었다
날 기다렸는지

저 먼 숲속에선
사랑 찾아 헤매는 소쩍새
구슬피 운다

발밑까지 봄이 와
달래 냉이 캐는 콧노래가
바람에 술렁인다.

아지랑이

그냥 순순히
봄을 내어줄 수 없었는지
칼바람 추위를 업고 왔다

안개 걷히고
들녘 아지랑이 꼬리 흔들며
춤을 추면

실개천 능수버들 부채 펼칠 날도
얼마 남지 않았으니
나도 기지개 켜 본다.

오월의 햇살

가슴마다 사랑 담아
다가서는 오월
시나브로 내리는
사랑의 융단 길

겹겹이 쌓인 장미의 옷자락
붉은 정열의 손짓으로
오월의 여왕이 태어나면

햇살은 속살 훤히 드러낸
아카시아 향기만 불러오는가
장미 향기만 불러오는가

사람들 가슴 가슴마다
향기를 채워다오
오월의 햇살이여.

봄이 오는 길목에서

짓눌린 어깨 위
붉게 물든 노을빛

봄볕에 그을린
노모의 얼굴에
미소 짓는 솔바람

다가서는 초록의 입김
두 팔 벌려 안으면
가슴 두근거린다

추위에 떨던 육신
긴 한숨 토해내고
떠오르는 저녁별 위로
어머니 음성 들려온다.

봄

소몰이 농부 입가에
옅은 미소 흐르고
낙동강 허리 곧추세워
고달픈 삶 껴안는다

매화 꽃잎은
이슬방울로 피어나
창공의 강물되어 흐르고
세상이 온통 희망으로 눈 뜨는 봄
가지마다 펄럭이는 행복.

봄볕 너머

하늬바람을 타고 들려오는
종달새 노랫소리 청아하다

창을 열었더니
아이들 깔깔 넘어가며
초원을 뛰고 논다

초록으로 피는 나무들도 바쁘고
아기를 키우는 새댁들도 바쁜
그런 봄은 한 폭의 그림이다.

봄 마중

겨울 끝자락에 멈춘 햇살
온 누리에 퍼지며 환호하고

훈훈한 바람은 어느새
그대 뜨락 돌계단에 머물러
봄의 소리에 귀 기울이고 있다

산자락에 남아 있는 백설
칼바람에 떨며 고드름 되어도

다시 시작될 봄의 정원에서
언제까지라도
당신을 기다릴 테야.

기다림

창밖 앙상한 가지 끝에
꽁꽁 언 찬바람이 심술 난 듯
여린 가지 흔들어댄다

무심한 하늘빛 열어 놓고 있다
봄 햇살 데리고
곁눈질하며 기다린다

눈물 그렁한 시선이 말한다
장미꽃 향기 그윽한 정원으로
어서 돌아오라, 돌아오라.

여름 즈음에

환한 여름 햇살 비추면
길옆 작은 이슬방울들
에메랄드빛으로 반짝인다

내 마음 그대에게 늘
가 닿을 듯 말 듯
아슬하지만

내 반쪽 달님 머리가
익은 보리처럼 하얗게 빛나도
그대 곁에 머무리

여름 하늘은 변덕도 심하지만
우리의 인생
여름은 변하지 말자.

가을에

눈먼 사랑이 익어가는 가을
하늘이 파랗게 물들면
지난 추억이 살갑게 쏟아진다

검게 그을렸던
여름 뙤약볕에
더 선명해지는 가을

알록달록 여물어가는
들녘의 결실처럼
다정한 편지 써서
너의 뜨락에 붙인다.

가을 금호강

급격하게 내달려 가는 강물
쉬어가라, 쉬어가라 강물아
물고기도 살아가게 쉬어가라

서두르지 마라
흰 구름도 토실토실 살이 쪄
산 중턱에서 쉬어 가는데

가을날 코스모스도 바람과 손잡고
토닥토닥 어깨 기대어
정답게 쉬어가는데.

가을에서 겨울로

한 발자국 다가서는 겨울
여름 내내 울던 매미
하얗게 벗은 허물같이
무심한 게 삶이다

단풍이 물드는가 싶더니
어느새 지고
플라타너스 잎이 떨어져
가지만 앙상하다

이마에 깊게 팬 주름
마음의 계절은 아직도 봄인데
여름인가 하면 가을이고
가을인가 하면 겨울이다.

가을 나비

쓸쓸한 가을 나비가
외로운 꽃을 찾는다

어떤 게 외로운 꽃인지
누가 말해 주지 않아도 안다.

가을비

또르르 은구슬 되어
촉촉한 풀잎 위로
떨어지는 아쉬움

누구의 가슴 적셔내듯
눈물 한 방울 받은 꽃잎은
젖은 옷매무새 추스르고

조용히 그대 창가에
물줄기로 흐르며
그리운 얼굴 그린다.

만추의 계절

물안개 피어오르는
호숫가를 걷는다
은행 나뭇잎은
감빛 카펫을 깔았다

만추의 계절 앞에서
내 삶의 가을도
곱게 물들여 보아야겠다고
가을 나무들에게
맹세 해 본다.

늦가을

따가운 가시 속에 숨어
누군가를 찌르다가
톡 터지며 세상 밖으로 나온 알밤

연지 곤지 찍고 부끄러운 새색시로
발그레 익은 홍시들 세상

모든 것이 익어가는 풍성한 계절에
나 또한 넘치도록 익어 깊어지고 싶다.

노을

꽃잎에 뒹구는 이슬 타고 나온 해가
서쪽 하늘을 곱게 색칠하면
등 뒤에 숨은 그리움 한 줌
물방울 되어 흘러내린다

짊어진 삶의 무게를
한 모금씩 게워내고
꽃처럼 환하게 쉼터로 간다

내일은 꽃잎 위에 뒹구는
작은 이슬이라도 되어
당신 곁에 머물고 싶다

또 하나의 새벽이 밝아오고
아무 일 없었던 것처럼
당신 곁에 고요히 남고 싶다.

기차

붉은 노을 실은 기차는
만곡의 철길 따라 기침 쿨럭이며
오늘도 새벽을 깨우며 달린다

등성이를 넘어가는 낮달처럼
그대 향한
청춘 열차가 달려가고 있다

절실하고 간곡했던 시간들이
새벽 호숫가를 지나
세월의 무게로 익어간다.

인헌(仁軒)의 가을

아직도 내 마음속엔
뿌연 미세먼지 날린다

힘겨운 인생의 가을날을
하늘이 마음 달래고 있다

산이 되고 바다가 되어
살아냈던 날들의 보상처럼

눈부시게 단풍 든 나의 가을이
쉬엄쉬엄 다가오고 있는가.

너의 가을

밤새 내리는 비 맞으며
너의 가을로
추적추적 걸어가고 싶다

이 가을은 너의 가을이다
저편 어딘가에
잠들지 못하고 있을 너의 가을이다

함께 우산을 받쳐 들고 걸었던
빗방울에게 물어보라
빗방울에 비치던
그 눈동자에게 물어보라.

겨울로 가는 가을

고운 가을옷 벗고 있다
한 겹씩 벗더니
혹한의 칼바람 앞이다

환생을 위하여
인고의 세월
다 벗고 떠나는가!

겨울은
막차처럼 찾아오는 겨울
80줄로 접어든 사람 같다.

겨울 단상

차가운 빗물은 마음속에
파문 일으키다가
파랗게 질려 울음 터트린다

숨 멎을 듯 그려지는
낙엽 속 아쉬움은 가지 끝에 매달려
방울방울 흔들리다
애달픈 강이 되었다

용서해야 할 일과
용서받아야 할 일이 많아
가슴 갈피마다 타올랐던 불길은
찬 서리 아래서 애끓은.

여름과 가을 사이

한 움큼의 하늘을 떠서
호수에 풀면
코발트 빛 옷감이 된다

풍성한 물줄기가
잔물결로 일렁이며
수만 가지 옥빛을 쏟아낸다

밭그름한 개울 둔치마다
들꽃에 잠방이는 뭇 세월
여름과 가을 사이에서 기지개 켠다.

입동

단풍이 짙어가면
아쉬움도 짙어진다

나뭇가지 끝에 빗물이
방울방울 부여잡고 매달려 있다

나처럼 흔들리며
몸부림치는 초겨울의 비

하늘에서만 내리는 비가
내 가슴에서도 내린다.

첫눈 오는 날

백만 송이 눈꽃을
구름 마차에 싣고 기다렸다가 뿌려진다

아이들은 꿈인 양 넘치는
설렘과 환희로 창문을 연다

겨울 한파 그 얼얼하게 얼어붙은
대지에 있던 한 그루 나 닮은 나목

흐려진 세상을
말갛게 씻어낸다.

겨울 끝자락에 서서

차가운 방울로 남아 있다가
그대 이마에 스치는
이슬이고 싶습니다

당신은 이름 없는 메아리
푸른 잎이 손짓하는 날을 기다리며
방울방울 맺히고 싶습니다

이슬방울로 머금다가
그대 기다리는 계절 따라
담장 아래로 피어나고 싶습니다

님 얼굴 화선지 위에 그려놓고
이 겨울 끝자락에
영원히 머물고 싶습니다.

제4부

꽃과 나무편

매화

마른 가지에 호롱불 밝히듯
매화가 피었다

기나긴 겨울 추위 고초를 겪고서야
밝히는 매화 등불

칼바람에도 가슴 따뜻한 것은
하늘 아래 매화가 피어서.

시계꽃

나는 한 모퉁이에
조용히 앉은
작은 몸짓입니다

그대 향한 발걸음
돌이키지 못하고
소리 죽여 웁니다

가깝던 우리 사이
멀어지고 잊혀질까
애태웁니다
사랑한단 말 못 하고
애태웁니다

꽃 피워 바라보고 있으면
해를 따라 하루 두 번은
만나는 것으로 만족하렵니다.

동백꽃

깊은 한숨 소리
참고 지내온 차디찬
슬픔의 지층

절벽 길로 가려도
추위 막지 못하고
꽃 피워 외로움 달랜다

떠난 임 그리워
붉게 물든 마음

땅에 떨어질 사랑이지만
싹 틔운 소망은
아지랑이로 피어난다

흙 위에 누워서도
올려다보는
지고지순한 사랑.

연꽃

하늘 받쳐 든 소녀처럼
연잎에 숨어
멍울 풀어내는 꽃

아침이슬 머금고 반짝이면
꿀벌들 모여들어
불심 깨워 놓는다

어둠에 담근 발
세속의 번뇌 잊고
자비심으로 온 세상

끌어안으며 살아가고파
살아가고파.

감꽃

도란도란 꽃 몽우리 터지는 소리
귓전 가득 들리는 오월의 봄밤

감꽃처럼 달콤한
돌아갈 수 없는 유년의 시간 보다

지금 돌담 아래 떨어지는 꽃잎을 사랑하는
이 시간이 내겐 더 귀하다.

단풍

가을이 머문 자리는 봄처럼 아름답다
단풍잎 하나하나에
그 나무의 이름을 가만가만 불러 본다

탈색된 잎에
새순을 그려 넣어 본다
석양 뒤에 오는 새벽 같다.

배롱나무

불볕더위에도 용맹하게
언덕에 서 있다
안개비가 바람을 타고
언덕을 달린다

나비들의 고운 날갯짓에
설레는 배롱나무 한 그루
빨간 사연들을
꽃 편지지에 담아
똑똑 떨구는 것 좀 봐.

능소화

시간이 후비고 간 아내의 빈 가슴에
큰 등불 밝혔다
대문 앞에 활짝 걸린 저 꽃들이.

그날

그날도 꽃이 빼곡하게
피었더랬다

흔들리는 꽃잎 사이로
가을 햇살 밀려들던 날
그날에 긴 입맞춤이
이별의 인사인 줄 알지 못했다

지구 한 바퀴를 돌아 돌아
마주한 시월
먹먹한 서글픔 꽃잎에 재워두고
삶은 춤사위로 다시 나래를 편다.

구절초

하얀 구름 무리가 노는 곳을
먹구름 한패가 점령한 하늘

누구나 가을엔
그런 하늘과 들판을 보게 된다

애써 외면하고 슬그머니
자리를 피해버리는 태양

회색빛이었다가
검은빛이 되어서는

이제 곧 굵은 비가 올 것을
구절초만 모른다.

개망초꽃

아무리 흔들어 봐라
내가 꿈쩍이나 하는지
악착같이 이 땅을 지킬 거야

비탈지고 낮은 땅에서도
불평 없이 피고 지는 꽃
닮고 싶은 꽃.

이팝나무꽃

복사꽃 벚꽃 피었다 진 자리
긴 그림자 드리운 후
이팝나무 가지마다 고슬고슬
쌀밥들이 고봉으로 올려진다

올 한 해도 풍년 되어
주변에 배곯는 이 없게 되길
두 손 모아 쳐다보게 되는 꽃
기도가 절로 나오는 꽃.

영벽정 회화나무

수백 년 동안
두 손 뻗어 하늘 받치고 선 나무

가슴속 상처 가득하나
하늘의 빛과 구름과 어울리며
온갖 시름 잊는다

선비들과 뱃놀이 즐기며
고운 노을빛에 취하기도 하고

추운 겨울 흰 눈이 온몸을 덮으면
실오라기 하나 걸치지 않고

메마른 손끝으로 별빛을 받아
고달픈 삶 어루만진다.

실바람

새들 지절대는 소리가
실바람 타고 재즈처럼 날리면
놀라 달아나는 다람쥐들

실바람 입김에
별빛이 쏟아지는 밤에도
자박거리는 나뭇잎이 자란다

흔들리는 나뭇잎 사이로
별빛처럼 쏟아지는
햇살도 무색하게 파릇한 풀 향이
시름을 접는다.

제5부

세상살이편

이별

낙엽 질 가을도 아니고
겨울도 아닌데
네가 멀리 떠나갔다

격정의 여름도 가을도
아직 남아있는데
차가운 숨소리 내뱉으며

가고 오는 것이 인생이라지만
꽃잎 떨어지는 날은
나무가 얼마나 슬픈지
너는 아는가!

이슬

배부른 호수는 오늘도
짊어진 삶의 무게를
한 모금 게워
메마른 심장에 채우고

숨찬 눈보라는
자욱한 안개를 만나 눈멀고

안개비는 흩뿌리다가
이제야 흘러내린다

내일은 나도
꽃잎에 뒹구는 이슬 되어
당신 발등에 뒹굴고 싶다.

길

소슬바람 속 소곤대는 나뭇잎
새들의 지저귐에 놀란 듯 달아나는
다람쥐의 커다란 눈망울

흔들리는 나뭇잎 사이로
별빛처럼 쏟아지는 맑은 햇살도
연둣빛 바람처럼 다정하다

누가 이 길 만들었을까
얼마나 많은 사람이 오갔을까
하나의 작은 길이 나기까지

세월에 쫓기듯 살아오면서
상처도 주고받고 시련도 있었지만
그래도 살만한 생이었기에

고즈넉한 이 길 거닐면
어느새 한 생애 시름 접고
생명의 향을 느끼고 있네.

비슬산

몇 걸음 걷다 보니
더 높은 산이 있고
조금 더 오르니
계곡이 깊었다

강물에 비치는 젖은 산
산이 눈 뜨는 아침이면
내 가슴도 덩달아 뛴다

세상 사는 이치를
알려 주는 산에게
남은 생 전부를 맡기듯
오늘도 뛰는 가슴 안고
비슬산에 오른다.

꽃잎의 마음

연분홍 바람 불면
새털구름 사이로 내민 열정은
촘촘한 웃음으로 피어난다

화폭 속에 담긴
너와 나의 주름진 얼굴은
잠시 가던 길 멈추고
언제 왔냐고
어디서 피었냐고 묻는다

한 계절 못다 핀 몽우리는
아침 이슬로 와서
저녁노을로 사라지고

꽃잎 한 장의 고운 마음으로
어둠 속 빛으로 태어나
오늘을 살고 싶다.

두물머리

낙동강 칠백 리 흘러 흘러
너에게 가고 있다
두물머리 아침에
뽀얀 물안개 사이로
눈물 없이 울어대는
구슬픈 물새 소리

강 건너 먼 산
그윽한 햇살 메아리치면
은빛 물결 빛나는
달성습지 생태공원에
태고의 정취 자욱하다

그 옛날 나루터에
사공의 노 젓는 소리 철썩일 때
한줄기 강으로 흐르듯
영원히 함께 갈 님이여

서산에 노을 물들면
두물머리 지키는 망부석 되어
님 오기를 기다려볼까나.

여명

먼 산에 해 뜨면
어둠은 창 모퉁이에 스멀대고
이글거리는 태양 아래 시작되는
또, 하루의 일상 속으로
현란한 빛 들이키며
깨어나는 생명의 신비로움
다시 세상 속으로 걸어가야 할 시간
창문을 열고
추위에 떠는 나목에게 입김 불어
사랑의 모닥불 피우고 싶다.

여명 2

마른 논에 물들어가듯
기쁨이 솟는다
석양이 지고 난 어두운 자리에
밝음이 찾아오는 것은
눈부신 노래이다.

예전엔 왜 몰랐을까

보이는 것보다
보이지 않는 것이
더 중요하다는 걸
예전엔 왜 몰랐을까!

내가 가진 것이
다 내 것이 아니라
잠시 내게 온 것임을
예전엔 왜 몰랐을까!

손에 쥔 것도
마음에 쥐고 있던 것도
모두 내려놓고
유유히 흐르는 물결로 살리라.

시곗바늘

아침 해가 나를 반길 때
너는 서산 노을을 물들이면서
시 침이 시침을 떼어봐
세상이 뭐가 되나!

반짝이는 밤 별똥별이
약속을 어겨도 너만은 정확하니
세상이 바로 돌아가는 거다

팔 두 개로 정직하게 살아가는
너는 은근히 나의 스승
너를 보면서 다짐한다
나도 더 반듯하게 살아야겠다고

하루 삶의 내 길잡이는
시계의 시침 소리다.

낚시터

찌가 흔들릴 동안
고요가 흐르는 시간은
천 년처럼 길다.

천년 같은 이 시간
하필 생각나는 사람
출렁이는 물결에 사라졌다가
찌와 함께 가슴에 밀려든다.

동지 팥죽 한 그릇

대니산 부엉이 울음소리
동지섣달 긴 밤하늘 정적 가르면

할머니 구수한 옛이야기가
화롯불에 노릇노릇 익었다

어머니가 끓인 팥죽이
집안 구석구석의 어둠까지 밀어냈다

팥죽 속 새알 찾아 산을 쏘다니던
동심으로 돌아가는 동짓날 밤

추억의 봇짐 등에 지고
후후 불며 먹는 붉은 팥죽 한 그릇.

황혼의 이정표

눈물로 걸어온 세월
바람의 한계에 부딪힌 청춘은
어언 백발로 접어들었다

마을을 지키는 노송처럼
한 세월 돌아 남은 건
홀로 서 있는 자신뿐

이정표 없는 인생길을
언제 여기까지 왔는지
앞으로 어디까지 걸어갈 것인지

이제 소중한 사람들과
울퉁불퉁한 길이 아닌
꽃길만 가고 싶어라.

기다리는 안부

창가에 쏟아지는 아침 햇살만큼
눈부신
에메랄드빛 그대의 안부를 기다리네
소년처럼,

나이를 잊고
속치마처럼 흔들리던 그대 눈동자를 담은
잘 있다는 안부 한 마디
듬성듬성 날아오면 좋겠네.

적막에 대하여

저 어둠을 건너오는
풀벌레 소리
두레박에 담긴 하루를 퍼 올리는
생명의 소리런가!

아득하게 들려오는 속삭임
해와 달이 부대끼는 소리인가!

오늘 하루 지친 삶을
온기로 덮는 적막 속에서
삶의 의미를 만난다.

세월의 흔적

나는 지금 어디쯤 흐르는가
한참 걷다가 문득 생각한다
몇백, 몇천 낮과 밤을
줄기차게 달려와 돌아온다

폭우가 내리면서
계곡은 지워지지 않는 얼룩을
싹 쓸어내려간다

유유히 흐르던 강물이
소용돌이치며 나처럼 하얀 머리
휘날리며 계곡을 타고 간다

내 살아온 얼룩도
저렇게 폭풍우 맞으면서
싹 쓸려갔을까.

밤비

천상의 소리로 밤잠을 깨운다
내 까만 밤을 빼앗는 너,
하나도 남김없이 빼앗는 너.

바람 앞에서

계절이 바뀌어도
돌아오지 못할 것들은
영원히 돌아오지 않는다

녹이지 못한 아픔
눈보라 속에 묻어두고
나는 다시
남은 길을 가야 한다.

그림자

바람도 춤추며 달려드는 저녁
저 청아한 달빛이
가로등 불빛 따라 쫓아온다

지금의 난
너에게로 향하는 시각
망부석 같은 나를 기대고 따라오네.

나이 들어서는

나이가 들어서는
가진 것 많지 않아도
청명한 하늘처럼 살고 싶어라

나이가 들어서는
가슴 속 곱게 다듬어
호수같이 맑은 세상 살고 싶어라.

추억

아득한 날이 아니어도
뒤돌아보면 모두 추억

오늘 지나면
모두 추억이 된다

단풍들은 새싹시절이
추억의 날들이다.

산까치

푸른 잎 손짓하던 녹원도
어느덧 누런 옷 입었다
외로운 가을 산까치
그리운 선 하나 그려놓고
잔디 위에 올라
종종걸음 하며 부리로
누구를 그리고 있는가!

젊은 날

지나간 삶은
절대 오지 않을 시간이었다

꿈만 가득하고
허세만 난무했던 시절

지난날 그리며
무언의 시간에 가슴 저민다

세상을 바라보는 시각은
평온하고 긍정적인 중년이 되고

추억의 거리에 서면
한 번도 사랑하지 않았던 내가
촛불 속에서 흔들리고 있다.

마지막 달력 한 장

세상에 부대끼고 출렁이던 시간이
마지막 달력 한 장에서 대롱거린다

뒤늦게 피어난 국화처럼
이달이 가기 전에
내 글에 꽃이 피면 좋겠다

가을 들판처럼 우리 마음
풍요로웠으면 좋겠다
새해엔.

만월

저 달이 기울면
밤안개는 더 깊어지겠다

슬며시 고개 내밀어
새끼 꼬아서 만든 망태에

끈끈한 정 한가득
담아놓고 싶다

스쳐 가는 하룻길
지금 이 자리에 묶어 놓고 싶다.

좋은 날

새벽에 눈 뜨니
아침을 선물 받아 좋은 날

설레는 하루 안고 일터로 가니
일이 있어 좋은 날

일요일 집에서 쉬니
일이 없어 좋은 날.

밀밭에서

밀려오는 바람에
초록빛 파도의 물결
물고기처럼 밀송이가 움직인다

뙤약볕에 익은 황금빛 들판
촘촘히 엮은 그물을 던져
반짝이는 물고기 떼를 잡을까

술 좋아하는 사람 앞에
이 밀 송이들 실한 누룩이 되고
술 익는 소리 벌써 들리는
구지 창리마을 넓은 밀밭.

유가사의 봄

저렇게 붉게 피어
번뇌는 어찌 벗을까

홍매화 옷고름 푸는 소리에
그리움 물들면

마음 비워내고
초연히 봄 햇살을 맞을까 보다.

*비슬산 아래 유가사에서 쓰다.

강가에서

내 걸어온 날의 서늘한 기억 삼킨
강물은 아직도 아픈 듯 몸부림이다

가야 할 길은 멀어도
힘찬 물결 이루며 앞다투어 흐른다

내 시린 것들 모두 털어
강물에 띄우면

아 저기 잠수하는 물고기들이
내 상처 물고 떠난다.

낮술

말벌의 독침 같은 술은
내 입술을 비집고 들어가
정신을 마비시켰다

아린 가슴이 와르르
쓰린 번뇌가 와르르
술잔 속으로 곤두박질쳤다

슬픔이 햇빛에 유린당하고
바람 속을 난무하다가
도시의 거리에 내동댕이쳐졌다

사랑도 미움도 보고 싶음도
목구멍으로 힘겹게 쏟아내는
구역질처럼 고통스러운 것.

카푸치노(Cappuccino)

내 몸은 망가져도 좋아
너랑 함께라면
난 너에게만 다가가
내 입술을 탐닉해봐
너에게만 허락할게.

*컴포즈커피 대구다사점에서 쓰다.

가족의 소중함을 상기시키며
한국 현대시의 방향성을 제시하다
-이현수 시인(경남연합일보 논설위원)

별을 보아도, 달을 보아도, 노을을 보아도!
-청량 이윤정 시인

가족의 소중함을 상기시키며
한국 현대시의 방향성을 제시하다

이현수 시인

(경남연합일보 논설위원)

갑오경장 이후 한국문학이 일제의 침략 앞에 자주독립과 근대화를 동시에 이루어야 한다는 시대적 사명을 지니고 출발하였다면 1950년 6·25 전란 이후 우리 문학은 민주주의에 대한 강렬한 열망으로 시작된 4·19와 5·16 군사 쿠데타에 의해 그 싹을 잘리게 되었다고 해도 과언 아니다.

하지만 역사는 이 땅의 지식인들에게 현실에 대한 지속적인 관심과 투쟁심을 요구하게 되었고 곽의영 시인이 머무는 시의 고향인 대구에서도 예외는 아니었을 것이라는 생각이 든다. 따라서 여느 지역과 마찬가지로 시인이 현재 활동하는 대구 경북에서도 60년대의 문학은 그 어느 때보다 현실 참여 문제를 심도 있게 고민하기 시작했고, 사회 비판적 목소리를 높일 수밖에 없었던 것이 사실이다. 현실 참여적인 문학과 함께 순수 문학에 관한 관심 또한 더욱 높았던 시대로 현대 문학의 다양한 발전적 성과를 이루는 시기가 그때였다고 볼 수 있다.

당시의 시대적 상황은 국가적으로 안에서는 봉건적 질서를 타파하고 새로운 근대화를 만들어 나아가야 하며, 외부로는 밀려드는 서양 문물 앞에서 조국의 자주와 독립을 이루어야 한다는 절체절명의 과제를 달성하기 위한 훌륭한 도구로 인식되었던 것이 지식인을 통한 문학의 길이었다.

개화기 문학이 우리가 잘 아는 상록수를 비롯하여 국민을 깨우치고 이끌어 주는 계몽주의적 속성을 지니게 되었던 것에도 다 이유가 있었다면 현대 문학에서의 시가 감당해야 할 역할은 소외된 현실에 대한 저항이자 사랑의 실천이 아닌가 싶다.

이런 맥락에서 시인 곽의영은 현대시의 흐름을 그대로 읽어내며 독자와 함께 호흡하고 이념의 충돌에서 벗어나 서정 그대로의 향기를 세상에 뿌려놓을 줄 아는 지성인이라는 칭송을 해도 부족함이 없는 문학인이라 평하고 싶다. 굳이 따지자면 그의 시는 온통 가족에 대한 사랑이고 가족애를 독려하는 계몽시에 가깝다. 가족으로 아픔을 겪고 있는 독자가 있다면 필자는 조건 없는 이유로 대구로 가라, 그리고 곽의영 시인을 만나보라는 말을 전하고 싶을 정도다.

대한민국을 두고 시인의 나라라고 말하는 이유 중 하나가 우리 민족은 태생적으로 음주가무를 좋아했고 민

요와 시조의 3·4조 전통 율격을 자연스럽게 지니고 있어서인지도 모른다. 곽의영 시인이 대구에서 대표적인 서정시인으로 가족애가 아주 강한 시를 쓰는 작가로 통하는 것에도 그의 시집을 찬찬히 들여다보면, 그럴만한 충분한 이유가 있구나, 하는 것을 알게 될 것이다.

곽의영의 시는 형식에 구애받지 않고 자유롭게 창작된 자유시가 대부분인 것 같지만, 그와 대화를 나누다보면, 시조에도 능통하다는 것을 알게 된다. 때로는 운율과 율격이 정형화된 정형시 또한 곧잘 쓰는 시인인데, 이는 시인 곽의영이 지닌 특별함이라 할 수 있다.

몇 년 전 그는 눈에 넣어도 아프지 않을 아들을 하늘나라로 보낸 슬픔의 역사를 지니고 있다. 그래도 그의 시는 어두운 이미지를 담은 시 보다는, 희망적인 메시지를 많이 담고 있다. 가족이 겪은 아픔에 대한 좌절감과 현실 도피 의식은 시인의 삶에 도움 되지 않는다는 판단에서일 게다.

아직도 눈물 되어 흐르는 너
밤이 이토록 긴 것을
너를 보내고야 알았다

업고, 안고 정성껏 키운

네 어미 가슴은 타버린 재가 되어
눈물 속에 파묻혀 흐느끼는 나날이다.

– 「아들아」 전문

눈에 넣어도 아프지 않다는 말을 아는가? 몇 줄의 시
에 다 담기에는 너무나도 부족한 아비의 마음을 시인은
어미 가슴을 빌려 아픔을 대신했다. 고통의 이유를 궁금
해하기도 전에 세상은 순식간에 감당할 수 없는 변화를
가져왔다. 그럼에도 시인은 자신의 아픔보다는 아내와
가족이 감당해야 할 아픔을 염려했다.

명사 아들이 지닌 단어의 무게가 이리도 무겁고 짠하
게 느껴지는 시는 아직 별로 보지 못했다. 결코, 가볍게
읽을 수 없는 시인의 시에 그리움과 회한이 다 섞여 있
지 않은가!
업고 안고 온갖 정성 다 들여 키웠을 세상에 둘도 없
는 아들인 것이다. 넋 나간 사람처럼 울어도 보고, 헛웃
음 지어보기도 했겠지만, 지울 수 없는 그리움은 날마
다 눈물로 대신했을 것이니, 시가 아프다는 말이 이런
것을 두고 하는 말이지 싶은 것임을 이해하게 되는 시
한 편을 보겠다.

붉게 엎질러진 하루 위에
불을 뿜어 토하는 바다
노을 저편에 배 띄워 놓으련다

추억 한 장 손에 들고
시절, 시절 같이 보낸 순간은
바람에 흔들리고 눈물에 흔들린다

강물도 흘러 흘러
너와의 추억을 자꾸 실어 오는지
너는 가고 없는데
너와의 추억은 점점 살아난다

아픈 세상일랑 잊고
언젠가 만나게 될 그 날을 위해
웃으며 날 기다려다오
노을 저편에 배 띄워 놓을테니.

– 「노을에 배 띄워놓고」 전문

　노을이 아름답게 보이는 것은, 이 세상에 짧게 머물다
가는 순간의 시간에 핀 꽃이기 때문이다. 시인의 아들
역시 짧은 세월을 걷다가 사라진 노을빛이기도 하다.
부모의 눈에 얼마나 눈부시고 아름다운 청년이었을까를

단번에 알게 하는 아버지의 마음이 녹아 있다.

노을을 두고 황혼이라 직역하는 독자가 있다면 큰 오산이다. 시인의 마음속에 스며있는 아린 그리움이 노을 저편에 숨 쉬고 있기에 시에서의 노을은 내 사랑이고 영혼이며, 끊을 수 없는 핏줄이라 해석하는 것이 맞단 생각이다.

어둠 안으로 숨어든 노을빛을 내일 다시 그 자리에서 기다리고 있을 시인의 모습이 그려진다. 아픈 세상 다 잊으라는 아비의 당부와 언젠가 저 노을 넘어 어딘가에서 다시 만날 거라는 강한 확신은 경험해보지 못한 사람은 알 수 없는 눈물인 것이다. 그래도 얼마나 좋은가? 웃으면서 기다리고 있었으라는 시인의 애절한 부탁에 어느 독자가 눈물 없이 읽어 내릴 수 있는 대목이겠는가 싶어, 필자는 한참을 고개 숙여 울었다.

지나간 삶은
절대 오지 않을 시간이었다

꿈만 가득하고
허세만 난무했던 시절

지난날 그리며
무언의 시간에 가슴 저민다

세상을 바라보는 시각은
평온하고 긍정적인 중년이 되고

추억의 거리에 서면
한 번도 사랑하지 않았던 내가
촛불 속에서 흔들리고 있다.

 -「젊은 날」의 전문

아쉬움과 후회로 점철된 지난 세월, 모든 생각을 처
음으로 돌리고 싶은 중년의 강을 건너고 있다는 방증이
다. 결코, 돌아오지 않을 시간이라 규정지은 시인의 심
상이 애틋한 그리움으로 날아드는 느낌을 주는 작품이
다. 허세 없이 지나간 젊음이 어디 있으랴마는, 시인이
되돌아보는 과거에는 수많은 이야기가 함께 했을 것 같
다는 생각도 든다.

바람이 지나고 나면 다시 하늘을 유영하며 자유로이
흘러가는 구름을 보았을 것이다. 그게 바람이 구름에게
자유를 선사하는 자연의 힘이라면, 시인은 중년이 된 이
후 자신을 돌아보고 인생을 정리하는 힘을 지녔다. 스
스로를 한 번도 사랑해보지 않았던 자신의 삶을 이제는
시인 스스로가 사랑해야 남들도 자신을 사랑해줄 것이

라는 기대감도 내포되어 있는 시가 아닌가 싶은 생각이
들게 하는 시다.

　한 발자국 다가서는 겨울
　여름 내내 울던 매미
　허옇게 벗은 허물같이
　무심한 게 삶이다

　단풍이 물드는가 싶더니
　어느새 지고
　플라타너스 잎이 떨어져
　가지만 앙상하다

　이마에 깊게 팬 주름
　마음의 계절은 아직도 봄인데
　여름인가 하면 가을이고
　가을인가 하면 겨울이다.

　–「가을에서 겨울로」 전문

　이 작품은 인생무상을 담고 있다. 무상(無常)이란 말
을 쉽게 풀어보면 '변하지 않는 것은 없다'라는 뜻이다.
인생이 무상하다고 하는 말은 영원한 것이 없어서 아무

리 튼튼해 보여도 결국 다 쓰러져 간다는 뜻으로 쓰이는 말로 시인의 현재가 어떠한가를 알게 하는 대목이라 눈길이 갔는지도 모른다. 허옇게 벗은 허물 같은 것이 인생이라 표현한 그의 마음에는 어떤 것이 빠져나갔을까? 궁금해진다.

꽃 피고 단풍 지는 계절의 변화를 지켜보며, 가슴 한 구석 텅 빈 그 무엇은 아무도 채워 주질 못하는 것이라는 아픔이 스며있다. 알고 보면 참으로 덧없는 것이 인생임을 알기까지 시인의 시간은 참으로 오래 걸렸을 것이다.

아무런 꿈이 없었다면 인생을 돌아볼 즈음 시인에게도 남은 것이 아무것도 없었겠지만, 그에게는 이루고 싶었던 꿈이 있었으니, 흔적 없이 떠난 시절을 아쉬워할 자격이 있을 것이라는 심증이 들게 한다. 시를 읽는 독자들의 생각 또한 이와 같으리라는 느낌이 들었다.

까마득한 저 먼 창공에
네 모습 떠오를 때
내 기억도 구름 타고
하늘을 날아오른다

젖은 마음 다독이다 잠이 들면

아침이 내 눈물 닦아 일으킨다
지는 인연 있으면 너무 아프다
꽃 같은 사람들 곁에 있어도.

-「인연」전문

　명사 인연은 삶과의 관계와 사물과의 관계 그리고 종
교적으로는 인(因)과 연(緣)을 아울러 이르는 복합적 의
미를 지닌 말이기도 하다. 문학적 해석이 아니더라도 인
은 결과를 만드는 직접적인 힘이고, 연은 그를 돕는 외
적이고 간접적인 힘을 내포하고 있는 단어로 보면 된다.

　까마득히 저 먼 창공에 그대 떠오를 때, 시인의 그대
가 궁금하게 하는 대목이다. 의도적일 수 있겠다 싶은
시의 구조가 예사롭지 않아 보인다.
　'내 기억도 구름 타고 하늘을 날고 있는 사람, 그는
얼마나 행복한 사람인가!' 시인의 기억 안에서 잠들지
않고, 두고두고 회자 될 사람이라면 그는 분명 시인과
그 가족을 두고 간 아들이 아닌가 싶은 생각에 눈시울
이 붉어지기도 했다.

　굳이 시인이 언급하지 않아도 인연(因緣)은 사람들 사
이에서 맺어지는 관계 또는 어떤 사물과 관계되는 연줄
을 말하지 않는가. 인과 연의 길이가 오래 가야 할 존재

는 분명 있다.

그것은 인간 세상의 힘으로는 극복해 낼 문제가 아닌 것도 많다는 점에 대하여 아쉬움을 느끼게도 하는 것이 인연이라면, 시인의 시는, 시인에게 아픔으로 기억될 문장이 더 많을 것 같아 그를 아는 필자의 가슴도 아리기는 마찬가지다.

저 달이 기울면
밤안개는 더 깊어지겠다

슬며시 고개 내밀어
새끼 꼬아서 만든 망태에

끈끈한 정 하나
담아놓고 싶다

스쳐 가는 하룻길
지금 이 자리에 묶어 놓고 싶다.

– 「만월」 전문

음력 보름에 뜨는 가장 둥근 보름달을 만월이라 칭한다. 보름달은 대체로 매우 길한 징조, 복된 징조로 여겨

왔다. 특히 우리나라를 비롯한 동양에서는 보름달을 가리켜 아름다운 여인의 얼굴을 비유하는 대명사로도 쓰였다는 점은 누구나가 아는 내용일 것이다. 처음 마주하는 사람의 인상을 두고 '보름달 같다'는 말을 건네는 것은 한마디로 '자체 발광'과 비슷하다는 뜻으로 해석해도 좋다.

3연에서 시인이 언급한 '정'은 큰 틀에서 사랑의 한 종류라 볼 수 있으며 애정, 연민, 동정, 애착, 유대 같은 감정들이 포함되는 정서적이고 심리적인 유대를 표현한 것이라 보면 된다.

꽉 찬 달이 기울면 흐릿한 시간이 흐르고 일손 바빠진 농사꾼 손길도 바빠지고 사람과 사람과의 관계성에서 쌓인 정도 두터워질 것이라는 느낌으로 받아들여도 좋은 시다. 달빛 스쳐간 자리에서 만들어진 사람의 인연에는 깊은 정이 녹아 있다. 하룻밤 풋사랑이 아니라 오랜 세월 함께하고픈 시인의 정이 듬뿍 느껴지는 서정에 머물게 하는 만월을 감상했다.

우리는 오늘, 시인 곽의영이 담고 있는 가족 사랑에 대한 깊이를 탐구하고 그의 혼을 마음속 어딘가에 담았다.

곽의영 시인의 시가 없었다면 독자는 봄이 오고 가을이 오는 계절감도 모를 뻔했다. 꽃피는 강둑을 걸어도,

단풍 진 가을 산을 걸어도, 바다가 내려다보이는 창가에서 커피를 마셔도, 마음의 창에는 늘 아들의 영혼이 시인의 주변을 맴돌고 있음을 우리는 그의 시집에서 느꼈다.

여러 수십 개의 계절을 씨앗으로 뿌려놓은 그의 영혼이 먼저 간 아들의 영혼과 합쳐져 봄꽃으로 피어나고, 여름 녹음으로 우거지고, 가을 단풍으로 물들어, 하얀 눈밭을 만든 것이다.

오랜 기다림의 끝에 시인의 시는 굵고 알찬 열매를 달고 환하게 웃는 모습으로, 노을 저 먼 곳에 배를 띄웠다. 아들의 영혼이 머물러 있을 그 어딘가에 눈물겨운 아버지의 절규가 독자의 마음을 흔드는 계절이다.

시인은 바람의 방향과는 무관하게 자유롭게 자전거 주행을 즐기는 달콤한 방랑자다. 지적이고 이지적인 것을 떠나 감성적이고 낭만적 서정시를 구사하는 시인의 행간에서 지나온 생의 그림자가 그려져 있다.

바람도 춤추며 달려드는 저녁
저 청아한 달빛이 가로등 불빛 따라 쫓아온다
지금은 내가 너에게로 향하는 시각
망부석 같은 나를 기대고 따라오네.

-「그림자」전문

이 시는 시가 지닌 서정의 극치를 읽었다. 세련된 감수성과 감각적으로 그려낸 그의 시는 테크닉 넘치는 기교를 부활시킨 휴머니스트를 연상하게도 한다.

시인은 시인의 말을 통해 "비록 아직은 그 누군가의 가슴에 깊이 가서 닿는 물결이 될 수는 없어도, 문학에서 '시'라는 장르가 자신을 구원하고, 타인을 구원한다는 말을 믿고, 뚜벅뚜벅 걸어가겠다"라는 말로 시로 이름 지어진 그의 모든 글에 담긴 글 전부가 시인 곽의영의 진심이고, 혼이라는 사실을 알게 했다.

우리는 오늘, 시인 곽의영이 담고 있는 가족 사랑에 대한 깊이를 탐구했다. 그리고 시인의 혼을 마음속 어딘가에 담았다. 가슴에, 눈에, 핏줄 속에도 스며들었을 법한 그의 시집 『노을에 배 띄워놓고』가 대한민국 수많은 독자와 함께 서정을 노래하는 계기가 되었으면 좋겠다.

별을 보아도, 달을 보아도,
노을을 보아도!

청량 이윤정 시인

　좋은 시라고 하는 것은 은유적 상상에서 빚어낸 시어에 형상화를 잘한 작품이다. 물론 시어가 모호하지 않아야 한다. 애매한 한자어나 외래어 사용보다 한국어를 정확히 구사하는 시어가 좋다. 곽의영 시인은 그런 요소를 두루 잘 참작하고 써 내려간 작품들이었다.

　이번 한 권의 시집은 젊은 감각으로 서정적인 시편들이 주를 이루고 있다.
　진솔함이 가득 베인 작품이라서 독자들이 공감대를 크게 형성하리라고 본다.

　필자는 12년 전에 곽의영 시인과 페이스북에서 인연이 되었다. 다른 잡다한 생활문이나, 사진, 오늘의 단상을 필자가 포스팅하면 댓글이 없어도, 시를 올리면 곽 시인은 꼭 읽어보고 댓글을 남긴다는 걸 어느 날부터 알게 되었다.

그로부터 몇 년이 지난 뒤에 시인으로 등단 된 소식을 접하게 되었다. 자세히 모르는 사람들은 그가 갑자기 시인이 된 줄로 알겠지만, 곽의영 시인은 긴 시간 홀로 치열한 읽기와 쓰기를 병행한 페이스북 활동이었다는 것을 나는 잘 알고 있다.

평소의 성격이 워낙 가식 없고, 있는 그대로를 노출하여 인터넷상에서 많은 남녀 팬을 확보하였다.

활달한 성격으로 걱정 하나 없어 보였는데, 그는 어느 날 청천벽력 같은 비보를 안은 아버지가 되었다. 요즘 어느 집이나 그렇지만 장남이자, 외동인 30대 중반도 되지 않은 청년 아들을 하늘로 보냈으니, 무너지는 부모의 마음이 오죽하겠는가? 무엇으로도, 무슨 말로도 위로가 안 되지만, 곽의영 시인은 처절한 상실감을 시를 통하여 토해내고 있었다.

그의 시를 살펴보면, 별을 보아도, 달을 보아도 바람이 불어도 아들 생각나고, 노을이 붉게 피어나도 아들 생각, 비가 와도 아들 생각, 3월이 되어도, 봄이 돌아와도 아들 생각이며, 명절이 돌아와도 아들 생각, 심지어 비슬산에 진달래가 피어도 아들 생각을 한다는 것을 알 수 있다. 기쁜 일이 생겨도, 슬픈 일이 생겨도 다 아들 생각인 것이 부모의 마음이다.

그 처절한 아쉬움과 상실감을 시라는 절제된 언어로

표현하여, 어느 정도 자신을 정돈하고, 슬픔을 견뎌내는
데에 적잖은 도움이 되었으리라고 본다.

붉게 엎질러진 하루 위에
불을 뿜어 토하는 노을 바다
노을 저편에 배 띄워 놓으련다

추억 한 장 손에 들고
시절, 시절 같이 보낸 순간은
바람에 흔들리고 눈물에 흔들린다

강물도 흘러 흘러
너와의 추억을 자꾸 실어 오는지
너는 가고 없는데
너와의 추억은 점점 살아난다

아픈 세상일랑 잊고
언젠가 만나게 될 그날을 위해
웃으며 날 기다려다오
노을 저편에 배 띄워놓을 테니.

– 「노을에 배 띄워놓고」 전문

이 작품에서는 언젠가 만나게 될 아들에 대한 희망을 담았다.

한 생명이 세상에 오고, 세상에서 떠나는 일은 하늘이 하는 일, 하지만 떠나고 나면 못 해 준 것만 생각난다고들 한다.

못다 한 아들에 대한 사랑을 담아서 하늘로 편지를 보내듯 절절하게 담아낸 10편이 넘는 시 작품 중에서 한 편을 더 살펴보기로 한다.

명절마다 아프다
잊지 못할 기억이
달무리 되어 떠다닌다

홀로 감당하기 버겁다
달도 울고 나도 운다
아린 명절을 또 쇠고 있다

국사발에 뜬 달을
한 숟갈 떠보지만
멀건 슬픔만 가득하다

오늘 밤에는 너 닮은 달이

두둥실 높이 떠서
나의 슬픔을 희석해다오.

－「너 없는 명절」 전문

사물이나 대상을 본대로 보이는 대로 쓰면 시가 잘
빠지기 어렵고, 기록문에 그치는 경우가 대부분이지만,
그럼에도 별다른 은유나 상징이 없이 있는 그대로, 보이
는 그대로만 써서도 감동을 주고, 독자의 공감대를 크
게 자극하는 작품이 되는 것을 직사법을 통한 작품이라
고 일컫는다.
　곽의영 시인의 작품 「너 없는 명절」이나, 「흔적」, 「아
들아」 등등 아들에 대한 시 작품들은 거의 직사법 형태
로 시를 풀어갔지만, 그 어떠한 비유를 끌어오거나, 잘
빠진 은유를 끌어오거나, 기가 막힌 상징을 끌어온 시
와 견주어도 손색이 없는 큰 울림이 있다.

　곽의영 시인의 시를 읽으면, 시를 쓰는 시인들은 인
생 어느 고개에서 폭우, 폭풍 같은 삶의 아픔도 재산이
라고, 시인은 슬픔을 먹고 산다고 할 정도로 큰 고난을
겪고 나면, 누구나 저절로 큰 시인이 된다고 하던 문단
선배의 말이 떠오른다.

곽의영 시인의 시가 직사법으로만 일관하지 않고, 번 뜩이는 좋은 비유를 끌어와 예술적 가치가 있는 작품을 쓰고자 부단히 노력한 흔적도 엿보인다.

첫 시집임에도 불구하고 기대 이상의 시집이 된 것은, 관념적인 시의 소재를 가지고도 감정의 절제와 군더더 기 없이 살려야 할 단어만 남기는 퇴고와 형상화를 통 하여 독자들의 가슴에 남는 시를 쓰고자 부단히 노력한 결과가 아닌가 한다.

딸의 대학 졸업식 날 쓴 시에서 그러한 시적 성숙도를 갸름할 수 있고, 시인일 수밖에 없는 따뜻한 심성도 같 이 엿볼 수 있다.

나는 너의 이름조차 아끼는 아빠
너의 이름 아래엔
행운의 날개가 펄럭인다

웃어서 저절로 얻어진
공주 천사라는 별명처럼
암 너는 천사로 세상에 온 내 딸

빗물 촉촉이 내려
토사 속에서

연둣빛 싹이 트는 봄처럼 너는 곱다

예쁜 나이, 예쁜 딸아
늘 그렇게 곱게 한 송이 꽃으로
시간을 꽁꽁 묶어 매고 살아라

너는 나에게 지상 최고의 기쁨
저 넓은 세상에서 큰 꿈을 펼쳐라
함박꽃 같은 내 딸아.

- 「하나뿐인 예쁜 딸아」 전문

이렇듯 시인은 토사에서 연둣빛 싹이 트는 봄처럼 고운 딸로 묘사하는가 하면, 함박꽃으로 딸을 묘사하고 있다. 소통 불능일 정도의 심한 포스트모더니즘적 시를 탈피한 전반적으로 서정적 리얼리즘 작품으로 독자들 가까이 다가서고 있다.

가진 것 많지 않아도
청명한 하늘처럼
살고 싶어라

가슴 속 곱게 다듬어
호수같이 맑은 세상
살고 싶어라.

- 「나이가 들어서는」 전문

이처럼 곽의영 시인의 시는 맑은 속을 내비치는 것으로, 각오와 다짐을 보여주면서 독자를 끌어들인다. 꽃과 계절과 가족을 주로 노래한 한 편의 아름다운 동화 같은 시집이다.

시에 가락과 율동을 불어넣고, 숨결을 불어넣어서 리드미컬 하게 잘 읽히는 시가 아무래도 더 좋은 시라고 할 수 있다. 가락이 입에 착착 감기고, 심장이 살아 숨쉬는 시를 쓰겠다고 각오를 하지 않으면, 이런 시가 쉽게 터져 나오지 않는다.
은유적 상상을 동원하여 시인들은 좋은 시를 쓰려고 책을 읽고, 여행하고, 수많은 밤을 깨어 보낸다.

모든 시가 이미지를 필요로 하지는 않지만, 오감을 동원하여 이미지를 포착하고, 영감을 가져왔을 때 시를 잘 쓰게 된다. 보이는 사물에서 보이지 않는 사물까지 같이 보아야 이러한 시가 되는 것이다. 말하자면 늘 안테나를 켜 놓고 살면서 사물의 이쪽과 사물의 저쪽까지 보는 눈을 가진 사람이 시인이다. 나의 아픔만이 아니라 타인의 아픔까지 껴안고 가고, 동물과 식물, 모든 생명이 있는 것들을 껴안고 가는 자세가 있는 사람들이 시인이다. 그래서 세상에 그 많은 사람 중에서 특별히 대중들은 시인을 존경하는 것이다.

나는 한 잎의 여자를 사랑했네,/물푸레나무 한 잎 같이 쬐그만 여자,/그 한 잎의 여자를 사랑했네/물푸레나무 그 한 잎의 솜털, 그 한 잎의 맑음, 그 한 잎의 영혼,/그 한 잎의 눈,/그리고 바람이 불면 보일 듯 보일 듯한/그 한 잎의 숨결과 자유를 사랑했네.

오규원 시인의 「한 잎의 여자」란 시의 전반부이다. 이 시를 보면 물푸레나무 한 잎을 보다가 사랑스런 한 여성을 잘 담아내고 있다. 시 창작에서 이미지 연상 훈련이란 눈에 보이지 않는 것을 보이도록 그려내고, 죽은 것도 살려내는 훈련이다. 곽의영 시인 역시 이와 같은 시도를 하였다고 보이는 몇 수의 시가 있어 소개한다.

저 어둠을 건너오는

풀벌레 소리
두레박에 담긴 하루를 퍼 올리는
생명의 소리런가!

아득하게 들려오는 속삭임
해와 달이 부대끼는 소리인가!

오늘 하루 지친 삶을
온기로 덮는 적막 속에서
삶의 의미를 만난다.

  -「적막에 대하여」전문

　이 시는 설명보다 이미지 제시가 독자를 통한 감동을
쉽게 불러오는데, 곽의영 시인은 필요 없는 언어를 모두
소각하고, 시에 꼭 남아야 할 시어만 남기고자 노력하
였다는 것을 「적막에 대하여」 전문을 읽으면서 느낄 수
있었다. 마치 이종문 시인의 「기차」란 시를 읽는 느낌을
받을 정도로, 리듬감이 살아 있고, 알맞게 행과 연을 가
르고, 함축미를 보여주어 시의 예술적 가치를 높이고 있
다. 적막한 시간에 깨어나서 고뇌하지 않으면 시인이라
고 할 수 없다. 이 시 한 편에서 얼마나 많은 밤을 고뇌
하였는지 보여주는 단면이다.

은유적 이미지가 잡히면 시는 쉽게 쓰인다. 곽의영 시인 나름대로 은유적 상상에서 독창적인 시어를 찾아내는 노력을 꾸준히 하고 있다는 것도 함께 느끼게 해준다.

서울대 오세영 시인은 그릇 하나를 가지고 70편의 시를 써냈다. 장인성 시인은 전국을 돌면서 「굿」시를 몇 권이나 썼고, 필자 이윤정은 꽃과 나무를 소재로 수많은 시를 썼다. 정진규 시인은 「몸」시를 썼다. 곽의영 시인은 이번 시집에서 가족에 관한 시와 자연과 계절을 소재로 한 작품을 다양하게 보여주었다. 시인이란 존재는 계절이 바뀌는 것에 무덤덤할 수가 없다. 시인이 살기에는 사계절이 뚜렷한 나라에 사는 것이 큰 도움이 된다는 것을 새삼 곽의영 시인의 시를 보면서 깨닫는다.

소몰이 농부 입가에
옅은 미소 흐르고
낙동강 허리 곧추세워
고달픈 삶 껴안는다

매화 꽃잎은
이슬방울로 피어나

창공의 강물 되어 흐르고
세상이 온통 희망으로 눈 뜨는 봄
가지마다 펄럭이는 행복.

-「봄」전문

봄, 여름, 가을, 겨울에 관한 시가 골고루 시의 소재가
되고 있다. 역시 시인은 계절을 누구보다 절절하게 체감
하면서 살아가는 존재인 것 같다.

고대 시조와 시의 뿌리가 노래였다고 한다. 고려속요
가운데 청산별곡을 보면 알 수 있다. 삶의 고뇌와 비애
를 노래했지만, 가락을 맞추다 보니 슬픔도 슬픔으로,
어둠으로 마냥 늘어지지 않는다.
좋은 시의 씨앗을 잘 얻어 와야 시의 꽃을 잘 피워낸
다. 좋은 씨앗이 없는데, 좋은 시가 어떻게 올라오겠는
가? 시의 씨앗이 명료하게 머리에 잡힐 때 시를 써야 한
다. 그렇지 않은 시는 내용 없는 말장난에 불과하여 아
무런 감동이 없는 시를 낳게 되고야 만다.

곽 시인은 익숙한 비유를 제치고, 이미지 형상화하기
에도 대체로 성공하고 있다.
시인은 비유나 상상의 시작 대상을 먼 곳에서 가져오

지 않고, 일상의 삶에서 기발하고 자연스럽게 풀어내고
있다. 그러면서 필요 이상의 수식이나 억지, 가장이 없는
것이 큰 장점이다. 운율, 리듬감을 잘 살린 시인의 시를
한 편 가져와 보았다.

말벌의 독침 같은 술은
내 입술을 비집고 들어가
정신을 마비시켰다

아린 가슴이 와르르
쓰린 번뇌가 와르르
술잔 속으로 곤두박질쳤다

슬픔이 햇빛에 유린당하고
바람 속을 난무하다가
도시의 거리에 내동댕이쳐졌다

사랑도 미움도 보고 싶음도
목구멍으로 힘겹게 쏟아내는
구역질처럼 고통스러운 것.

– 「낮술」 전문

사랑과 미움과 보고 싶음이 구역질과 동질화가 되었으니, 번뜩이는 반전이다. 이렇게 고정관념을 깨어야 시가 살아난다. 관념적 시라고 다 나쁜 것은 아니지만, 기를 쓰고 관념적 시를 쓰지 않으려 해야 하는 것이 시 쓰기의 기본이다.

곽의영 시인은 앞으로 시의 구조를 짤 때, 「낮술」이나 「카푸치노」와 같이 반전의 미학 쪽으로 시도하여, 짧고 감동적인 '극서정시' 쓰기를 시도해 본다면, 더 많은 독자층을 확보할 것이라고 보였다.

실존주의 철학자인 하이데거는 '시는 언어의 건축물'이라고 했다. 묘사와 진술의 조화로운 어울림의 예술이 시 창작이라는 예술세계다.

대상이나 상황을 묘사와 비유를 통하여, 지적, 정서적 자극을 주는 예술이 바로 시이다. 감동이 있어야 드라마도 보고, 영화도 보고 책도 읽는다. 시 역시 그런 감동이 있어야 한다. 시에서 가장 중요한 것은 감동이니, 이것이 빠졌는지 꼭 살펴보아야 한다.

누차 필자가 자주 강조하는 말이 있다. 시라는 것은 써 놓고, 자신이 먼저 감동된 후에 발표해야 한다는 것이다. 감동이 빠진 밋밋한 시는 독자도 감동하지 않으니 그런 시는 쓰지 말자는 것이다.

자기 글이 좋은지, 나쁜지도 모르는 글을 발표하면 작가로서는 자격 미달이다. 감탄사가 나오는 언어의 마술가 바로 시인이라는 것을 염두에 두고 쓴다면, 독자들의 머리에 오래 남고, 박수받는 시인이 될 수밖에 없다.

재미로 한 마디 덧붙이면, 글쓰기 초보자를 모아서 지도하다 보면 참 재미있는 일이 있다. 글을 못 쓰는 사람들은 어디서 문장을 가져와도, 꼭 형편없는 문장을 가져와 그것을 공유한다는 점이다. 보는 순간 웃음이 절로 터진다. 너무 공부 못하는 학생들이 시험 칠 때, 커닝해도 꼭 오답만을 빼 와서 쓰는 것처럼, 글쓰기도 그러하다.

시의 씨앗이라고 하는 시상을 포착하고 나서 얼개를 짜는 것이 시인의 몫이다. 뜨개바늘과 실이 있어야 뜨개질을 하듯, 시의 씨앗을 발견하고 나서 시를 쓴 것인지, 시의 씨앗도 없이 쓴 것인지는 독자들이 제일 먼저 알아본다. 기둥도, 서까래도 없이 집을 지으려 하면, 집 꼴이 안 되는 이치와 같은 것이다.

때로는 비유 없이 묘사만 하여도 김종삼 시인의 「묵화」처럼 감동을 주는 좋은 시가 될 수가 있다. 이와 같은 곽의영 시인의 시를 한 작품 살펴보기로 한다.

내가 요즘 자주 하는
선의의 거짓말 하나
자기야, 이젠 나 괜찮아
하나도 아프지 않아
힘내라고 하지 말게
잊으라고 하지 말게

그 말 하고 돌아서면
심장이 당기는 듯한 슬픔이
텅 빈 내 가슴 부여안고
아직도 무진장 아프다

천사님이 불렀는지
하늘로 아들을 딸려 보낸 그날부터
어느 날인들
아프지 않고 지낸 적 있었는가!

- 「거짓말」 전문

　첫 행에서 강한 궁금증을 유발하게 하거나, 낯설게 하
기를 더 많이 시도해 보면 좋은 시가 되는데, 이 시에서는 첫 행에서 궁금증이 일어나고 있다.

 부사를 걷어내면 소음을 걷어내는 것과 같아서 시가 많이 맑아지게 된다. 부사는 매우, 도무지, 비록, 아주, 너무, 아마, 다만, 마치, 응당, 겨우, 바로, 진짜, 제대로 등등인데, 곽의영 시인의 이 작품에서는 너무 아프지만 의도적으로 '너무'란 말을 생략하였다는 것을 알 수 있다.

 동사, 명사, 대명사만 쓰고도 장면이나 사건을 생생하게 묘사할 수 있어야 시라고 이름을 붙일 수 있게 된다.
 부사는 상황을 가장하고, 고양이를 호랑이로 만들어 놓기 때문에 곽 시인의 시에서는 부사를 모두 생략하여 한층 돋보이는 작품이 되었다.

 라이너 마리아 릴케는 현장 답사나 여행을 통해 '많은 체험을 한 후, 그 체험의 기억이 잊힐 즈음에 그것에 관한 시를 써라.'라고 했다.
 곽 시인에게 독자로서의 바람이 있다면, 자전거 여행으로 보고 느꼈던 경험들이 하나하나 멋진 시가 되어 탄생 되고, 주제를 설정할 때, 역사적이고, 사회적인 다양한 분야를 두루 짚어 폭을 넓혀 가면 더욱 좋겠다는 생각을 하였다.

독자들이 앞으로 기대해 보아도 좋을 곽의영 시인의 앞길에, 무궁한 영광과 축복, 행복이 기다리고 있길 기도한다.

노을에 배 띄워놓고

곽의영 지음

발행처   도서출판 청어
발행인   이영철
영업   이동호
홍보   천성래
기획   남기환
편집   방세화
디자인   이수빈 | 김영은
제작이사 공병한
인쇄   두리터

등록   1999년 5월 3일
         (제321-3210000251001999000063호)

1판 1쇄 발행 2023년 9월 20일

주소   서울특별시 서초구 남부순환로 364길 8-15 동일빌딩 2층
대표전화 02-586-0477
팩시밀리 0303-0942-0478
홈페이지 www.chungeobook.com
E-mail   ppi20@hanmail.net

ISBN   979-11-6855-186-2(03810)

본 서적은 2023년 한국예술인 창작지원금으로 출간되었습니다.